21 mars 1912

PN

SIÈGES ET MEUBLES ANCIENS

PORCELAINES DE CHINE — ESTAMPES DE SPORT

TAPISSERIES ET ÉTOFFES

Appartenant à Monsieur B...

PARIS — MARS 1912

CATALOGUE

DES

SIÈGES ET MEUBLES

ANCIENS

Consoles en bois sculpté doré, Époque Louis XIV
Petites tables en marqueterie, Époque Louis XV
Fauteuils en bois sculpté du XVIIIe Siècle

SIÈGES RECOUVERTS EN ANCIENNE TAPISSERIE

Estampes sur le Sport

ANCIENNES PORCELAINES DE CHINE

OBJETS VARIÉS

Appliques en bronze ciselé doré. Époque Régence

TAPISSERIES ET ÉTOFFES

ANCIENNES

APPARTENANT A MONSIEUR B...

Et dont la vente aux enchères publiques aura lieu

HOTEL DROUOT, SALLE N° 11

LE JEUDI 21 MARS 1912

à 3 heures 1/2

COMMISSAIRE-PRISEUR

Me CHARLES DUBOURG

11, rue Sainte-Anne

EXPERTS

MM. PAULME & B. LASQUIN Fils

10, r. Chauchat, 11, r. Grange-Batelière

PARIS

Chez lesquels se distribue le présent Catalogue.

EXPOSITIONS PUBLIQUES

Le Mercredi 20 Mars 1912, de 1 heure 1/2 à 6 heures
et le Jeudi 21 Mars 1912, avant la vente, de 1 h. 1/2 à 3 h. 1/2

CONDITIONS DE LA VENTE

Elle sera faite au comptant.

Les adjudicataires paieront *dix pour cent* en sus des enchères.

L'exposition mettant le public à même de se rendre compte de l'état et de la nature des objets, aucune réclamation ne sera admise une fois l'adjudication prononcée.

Paris. — Imp. de l'Art, Ch. Berger, 41, rue de la Victoire.

DÉSIGNATION

ESTAMPES

DEBUCOURT

1 — *Les Chiens ayant perdu la trace.*

Gravure en couleurs, rehaussée d'aquarelle, d'après Carle Vernet. Marge. Encadrée.

DEBUCOURT ET LEVACHEZ

2 — *Le Départ du chasseur. — La Chasse. — Les Chiens à la découverte. — Le Renard pris. — Le Retour du chasseur.*

Suite de cinq gravures en couleurs, d'après Carle Vernet. Épreuves avec marges. Encadrées.

DEBUCOURT

3 — *Calèche se rendant au rendez-vous de chasse.*

Gravure d'après Carle Vernet. Belle épreuve, avec marge. Encadrée.

JAZET

4 — *L'Entrée à l'écurie. — L'Intérieur de l'écurie. — La Sortie de l'écurie.*

Trois gravures en couleurs, rehaussées d'aquarelles, d'après Carle Vernet. Épreuves avec marge. Encadrées.

JAZET

5 — *Le Départ. — La Chasse. — Chasseur à l'affût. — Chasseur au tir. — L'Hallali. — Halte au retour de la chasse.*

Six gravures en couleurs, rehaussées d'aquarelle, d'après Carle Vernet. Épreuves avec marge. Encadrées.

POLLARD (D'après J.)

6 — *Doncaster Races. — Epsom Races.*

Deux estampes anglaises, en couleurs, gravées par Pyall et Smart, et Hunt. Belles épreuves à grandes marges. Encadrées.

ANCIENNES PORCELAINES

DE CHINE ET AUTRES

7 — Cinq assiettes en ancienne porcelaine de Chine ; décors variés en émaux de couleurs. Époque Kien-lung. (Pourront être divisées.)

Diam., 23 cent.

8 — Deux assiettes creuses, de forme polygonale, à bord découpé, en ancienne porcelaine de Chine, offrant, sur fond vermiculé bleu, un petit médaillon central, entouré de trois autres médaillons, ornés de fleurs et paysages, en émaux de couleurs. Époque Kien-lung.

Diam., 23 cent. 1/2.

9 — Deux assiettes creuses en ancienne porcelaine de Chine, décorées en émaux de couleurs, au centre, d'un petit médaillon avec personnages au milieu de branchages fleuris. Marli à attributs et fleurs. A la chute, bordure à fonds jaune impérial et rose, chargée de fleurs. Époque Kien-lung.

Diam., 22 cent. 1/2.

10 — Deux assiettes creuses en ancienne porcelaine de Chine, offrant, au centre, une potiche au pied d'un arbuste fleuri ; le marli, étroit, est décoré de petits médaillons réservés, chargés de fleurs, sur fonds rose et bleu carrelés. Époque Kien-lung.

Diam., 22 cent.

11 — Deux assiettes en ancienne porcelaine de Chine, offrant, au centre, un branchage fleuri. Marli à branches de chrysanthèmes et autres fleurs. Petite bordure rose carrelée. A la chute, autre bordure carrelée, également, avec fleurs en réserves en émaux de couleurs. Époque Kien-lung.

Diam., 23 cent.

12 — Trois assiettes en ancienne porcelaine de Chine; décorées, au centre, de pivoines. Le marli à larges lambrequins à fond rose, caillouté et carrelé, chargé de fleurs en émaux de couleurs. Époque Kien-lung.

Diam., 23 cent.

13 — Deux assiettes en ancienne porcelaine de Chine, décorées en émaux de couleurs; au centre, d'un arbuste et animaux, encadrés d'une petite bordure carrelée. Au marli, branches fleuries et axis. Époque Kien-lung.

Diam., 22 cent. 1/2.

14 — Assiette en ancienne porcelaine de Chine, offrant, au centre, un médaillon, paysages avec pagodes, dans un encadrement simulant un feuillet replié. Marli à fonds rose et bleu, orné de médaillons réservés, chargés de fleurs, en émaux de couleurs. Époque Kien-lung.

Diam., 22 cent.

15 — Plat en ancienne porcelaine de Chine, décoré en plein, sur fond vermiculé chargé de fleurs, d'un kakemono déployé, orné de branches de pivoines fleuries. Époque Kien-lung.

Diam., 31 cent. 1/2.

16 — Deux plats en ancienne porcelaine de Chine, époque Kien-lung. L'un d'eux, à bord festonné et décoré, au centre, d'oiseau au milieu de branches fleuries; le marli offre des compartiments à feuillages et attributs sur fonds carrelé ou vermiculé. L'autre présente, au centre, un arbuste en fleurs et pivoines. Le marli est décoré de branchages de fleurs; la chute, à carrelages à fonds rose et vert, interrompus par des réserves.

Diam., 31 cent. 1/2.

17 — Deux compotiers, de dimensions variées, en ancienne porcelaine de Chine; l'un d'eux, décoré en camaïeu rouge de fer et or, d'un intérieur chinois, pagode et jonque. Époque Kien-lung. L'autre offrant, au centre, un médaillon carré, avec fleurs et insectes; bordure à carrelages et médaillon en émaux de couleurs. Époque Khang-hi.

Diam. : 24 cent. et 19 cent. 1/2.

422 Van Goidtsenhoven

18 — Assiette creuse en ancienne porcelaine *mince* de Chine, décorée, au centre, d'un sujet familial, à personnages. Encadrement formé de *sept bordures*, à fonds de couleurs; décor de carrelages rinceaux, médaillons en réserve ornés de fleurs et autres, à fond d'or. Époque Yung-Tsching. (*Fracturée.*) restaurée

Diam., 21 cent.

255 le même

19 — Assiette creuse en ancienne porcelaine de la Chine, décorée, au fond, de fleurs que butinent deux papillons. Marli à carrelages sur fond rose, décoré de trois réserves à fleurs, et des signes de longévité et bonheur, répétés trois fois. Époque Yung-tsching. (*Fêlée.*)

Diam., 21 cent. 1/2.

320 le même

20 — Deux plats creux en ancienne porcelaine de Chine ; époques Khang-hi et Kien-lung. L'un d'eux offre, au centre, un cèdre, et une bordure à fond carrelé et réserves. L'autre, un arbuste fleuri sur rocher et terrasse. Bordure à carrelages et quatre réserves.

Diam., 36 cent. 1/2.

175

21 — Vase-cornet en ancienne porcelaine de Chine, décorée d'un bambou en relief sous couverte blanche. Base en bronze ciselé.

Haut. totale : 36 cent.

22 — Grand vase-rouleau, à col cylindrique et évasé, en ancienne porcelaine de Chine; entièrement décoré, sur la panse, de six compartiments à fond *noir*, chargés de branches fleuries et oiseaux, entre deux lambrequins à fond de couleurs. Le col offre également, sur fond *noir*, des ustensiles et emblèmes variés. La base à rinceaux de feuillages et fleurs en vert sur fond *noir*. XVIIIe siècle.

Haut., 60 cent.

23 — Assiette creuse, à bord festonné, en ancienne porcelaine de Saxe, décor en couleur dans le style coréen : fleurs, oiseaux, dragon.

Diam., 23 cent. 1/2.

OBJETS VARIÉS

BRONZES, PENDULE

24 — Petite pendule-religieuse en bois mouluré et laqué rouge, décorée en dorure. Mouvement avec cadran métallique, de *Thomas Woods à Londres.* XVIIe siècle.

Haut., 42 cent.

25 — Paire de bras-appliques, à deux lumières, en bronze finement ciselé et doré, formés chacun d'une cariatide engainée, à figures de Flore ou Zéphyre, portant dans chaque main une branche de rinceau-porte-lumière. Époque Régence.

Haut., 51 cent.

26 — Environ soixante-cinq mètres de baguette d'encadrement en bois sculpté doré, à décor de rocailles. Époque Louis XV.

Larg. du profil : 7 cent.

27 — Brasero circulaire, à trois pieds-griffes et deux anses, il est muni d'un double fond, également à deux anses mobiles : en cuivre jaune. Ancien travail espagnol.

Diam., 67 cent.

30

De Gr.

6.00

1.88
Faber

2.15
Bernh.

N° 30

Phototypie Berthaud

N° 25

Phototypie Berthaud

MEUBLES

28 — Meuble à deux corps, à fronton, ouvrant à quatre portes, en bois sculpté. Il est décoré de sujets à figures allégoriques dans des médaillons, colonnes torses sur les côtés et incrusté de plaquettes en marbre. En partie du XVIe siècle.

Haut., 2 m. 60 cent.; larg., 1 m. 27 cent.

29 — Console rectangulaire en bois sculpté doré, décorée, à la ceinture, de rosaces, entrelacs et cul-de-lampe, à feuillages. Elle repose sur quatre pieds-gaines à volutes, et réunis par un croisillon. Dessus de marbre. Époque Louis XIV.

Haut., 84 cent.; long., 1 m. 25 cent.

30 — Console rectangulaire en bois sculpté doré, à décor d'arabesques, reposant sur quatre pieds-gaines feuillagés, réunis par un croisillon. Elle supporte un cabinet, ouvrant à deux portes, en ancien laque de Coromandel, à décor de personnages et pagodes. Ferrures en cuivre gravé. Époque Louis XIV.

Haut. totale : 1 m. 68 cent.; larg., 1 m. 28 cent.

31 — Petite table ovale en bois de placage ; sur quatre pieds cambrés, réunis par une tablette d'entrejambes. Elle est munie, à la ceinture, d'un tiroir et d'une tablette à tirette. Dessus de cuir. Époque Louis XV.

Haut., 69 cent.; larg., 49 cent.

32 — Petite table-bureau plat, de forme rectangulaire, à pieds cambrés et dessus de marqueterie à losanges. Elle est munie, sur les côtés, de deux tiroirs. Époque Louis XV.

Haut., 71 cent.; larg., 72 cent.

33 — Petite table rectangulaire, sur pieds cambrés, en marqueterie de bois de placage, à branchages fleuris. Elle est munie de trois tiroirs, et ornée d'entrées de serrure, et sabots en cuivre. Époque Louis XV.

Haut., 74 cent.; larg., 42 cent.

Ler

N° 40

N° 36

Phototypie Berthaud

SIÈGES

RECOUVERTS EN ANCIENNE TAPISSERIE

Et Autres

1,305 Fabre

34 — Chaise longue rectangulaire, à dossier droit, en bois sculpté ciré et canné; décor de coquilles et feuillages, sur fond quadrillé. Elle est munie de trois coussins, recouverts en ancienne brocatelle. Époque Louis XIV.

Long., 1 m. 75 cent.; larg., 80 cent.

430 Papillon

35 — Tabouret rectangulaire en bois sculpté ciré, à quatre pieds forme gaine, décorés de feuillages et reliés par un croisillon. Il est recouvert d'ancienne tapisserie au point. Époque Louis XIV.

Long., 54 cent.; larg. 40 cent.

6.005 Fabre

36 — Deux grands fauteuils en bois sculpté ciré, à décor de coquilles, feuillages et arabesques. Ils sont recouverts d'ancienne tapisserie de Paris, à pavots, l'un sur fond blanc, l'autre sur fond bleu. Époque Louis XIV.

Larg., 70 cent.

625 Papillon

37 — Deux grandes chaises, de forme contournée, en bois mouluré ciré, recouvertes de tapisserie au point, en partie ancienne. Époque Régence.

Larg., 53 cent.

38 — Deux fauteuils en bois sculpté, ciré, à décor de feuillages et coquilles. Ils sont recouverts d'ancien damas jaune. Époque Régence.

Larg., 60 cent.

39 — Banquette en bois sculpté doré, à huit pieds; en partie du temps de Louis XV. Elle est recouverte d'ancienne tapisserie à branches de pavots fleuris, sur fond marron clair.

Long., 1 m. 70 cent.; larg., 70 cent.

40 — Grand fauteuil, de forme contournée, en bois mouluré sculpté et doré, décoré de feuillages et fleurs. Il est recouvert d'ancienne tapisserie au petit point, à gerbe de pivoines, sur fond blanc. Époque Louis XV.

Larg., 70 cent.

41 — Deux fauteuils, de forme mouvementée, en bois sculpté et ciré, à décor de feuillages et fleurs. Ils sont recouverts d'ancienne tapisserie au petit point, à grosses fleurs sur fond bleu et fond jaune. Époque Louis XV.

Larg., 75 cent.

42 — Petit fauteuil à coiffer, de forme contournée, en bois mouluré sculpté et ciré, à décor de feuillages. Il est recouvert et muni d'un coussin en ancien damas vert. Il porte l'estampille de *N. Blanchard*. Époque Louis XV.

Larg., 61 cent.

N° 42

N° 43

Phototypie Berthaud

43 — Fauteuil, de forme contournée, en bois sculpté et canné, à décor de rocailles, feuillages et fleurs. Époque Louis XV.

Larg., 65 cent.

44 — Grand fauteuil-trône en noyer sculpté, à décor de rocailles et feuillages. Époque Louis XV.

Larg., 75 cent.

45 — Grande bergère à oreilles en bois mouluré et sculpté, sur pieds cannelés. Estampille du maître ébéniste *P[illegible]rinel*. Époque Louis XVI. Elle est recouverte et munie d'un coussin en ancien velours frappé jaune.

Larg., 68 cent.

46 — Grande bergère, à dossier cintré, en bois mouluré sculpté et ciré, décor de piastres, rosaces et rais-de-cœur. Elle est recouverte et munie d'un coussin en ancien velours rouge uni. Époque Louis XVI.

Larg., 70 cent.

TAPISSERIES

ET ÉTOFFES ANCIENNES

47 — Tapisserie rectangulaire flamande du XVIe siècle, représentant, vers la droite, un groupe de musiciens et musiciennes, et des groupes d'animaux divers dans un paysage, avec vue de ville dans le fond. Encadrement de bordure à festons de feuillages, fruits et entrelacs.

Haut., 3 m. 10 cent.; larg., 3 m. 90 cent.

48 — Cantonnière en ancienne tapisserie de Paris, offrant, à la partie supérieure, un groupe d'enfants et de génies. Sur les montants, petits médaillons avec amours, enfants et rinceaux, sur fond bleu. Époque Louis XIV.

Haut., 3 mètres ; larg., 2 mètres.

49 — Tapis carré en ancien damas vert, à ramages de fleurs. Époque Louis XIV.

Long., 2 m. 05 cent.; larg., 1 m. 80.

50 — Autre tapis en ancien damas bleu, à feuillages et fleurs. XVIIIe siècle.

Long., 2 m. 20 cent.; larg., 1 m. 90 cent.

N° 48

51 — Environ trente mètres de velours frappé rouge. Époque Louis XIV.

52 — Bandeau en ancien velours violet, uni. XVIIe siècle.

Long., 2 m 70 cent ; larg., 1 m. 10 cent.

www.ingramcontent.com/pod-product-compliance
Ingram Content Group UK Ltd.
Pitfield, Milton Keynes, MK11 3LW, UK
UKHW021933200726
13853UKWH00010B/1000